TERRA incognita

1. les survivants

scénario serge perrotin
dessin chami
couleurs jean verney

THELOMA
éditions

à Laurence, Léa, Paul et Hugo
pour avoir su me supporter
pendant cette période, sans vous
je ne serais rien, je vous aime !

Merci à Hugues et à toute
l'équipe de www.willowcrea.com pour
m'avoir permis de trouver
le temps d'exercer ma passion.

C h a m i

remerciements à Françoise
pour le coup d'œil et à René
pour le coup de main...

P e r r o t i n

http://terraincognita.bd.free.fr

2e édition : septembre 2008

dépôt légal : mars 2005

i.s.b.n : 2-84998-024-2

conception graphique :
christian mattiucci

achevé d'imprimer en septembre 2008
sur les presses de just colour graphic
en espagne

http://theloma.free.fr

Voici le temps de la moisson

L'été caresse les champs de blé

Voici le temps de la moisson,

Mais dans le champ de mon père

Il n'y a plus personne

Youen Gwerning

SIMON...
REGARDE COMME C'EST BEAU...
BEAU COMME UN REQUIEM...
TE OCEAN
LA PLUS BELLE DES COMPOSITIONS INTERPRÉTÉE RIEN QUE POUR TOI ET MOI...
OH! SIMON VIENS VOIR!...

LÀ, UN AUTRE ! UN BÉBÉ !...
ILS SONT MAGNIFIQUES...
J'AIMERAIS POUVOIR VOUS ACCOMPAGNER...
NAGER... JOUER... ET TOUT OUBLIER...
TOI AUSSI, TU ES MAGNIFIQUE, MON SIMON...
TU AS TROUVÉ QUELQUE CHOSE À TE METTRE SOUS LA DENT ?...
C'EST GENTIL DE M'INVITER À DÎNER, MAIS JE CROIS QUE J'AURAIS DU MAL À AVALER TON PETIT DÉLICE...
JE SAIS... TU DOIS ME TROUVER BIEN DIFFICILE POUR QUELQU'UN QUI N'A RIEN MANGÉ DEPUIS TROIS JOURS...
MAIS AVOIR L'ESTOMAC VIDE N'A PLUS GRANDE IMPORTANCE MAINTENANT...
2

OH BOY ! ENCORE UN !
CETTE FOIS-CI C'EST UN ÉGYPTIEN !...
UN MISSILE D.L. LANCÉ SUR LA VOITURE DU DÉNOMMÉ MUSTAFA KAMIL, A PULVÉRISÉ SON OCCUPANT SANS DÉTRUIRE LE VÉHICULE...
ET ALORS, GRAND NIGAUD... QU'EST-CE QUE ÇA A DE SI EXTRAORDINAIRE PAR LES TEMPS QUI COURENT ?...
MAIS BON SANG MA-MA ! C'EST COMPLÈTEMENT DINGUE ! LES SATEL-OBS QUI ENVOIENT CES MESSAGES ONT LES CIRCUITS COMPLÈTEMENT GRILLÉS...
ILS BALANCENT ÇA TRANQUILLEMENT COMME SI UN MISSILE D.L. POUVAIT LAISSER DERRIÈRE LUI AUTRE CHOSE QU'UN TROU DE CENT MÈTRES DE DIAMÈTRE...
...MAIS C'EST PAS ÇA LE PLUS IMPORTANT...
...LE PLUS IMPORTANT, C'EST QUE CE MUSTAFA KAMIL EST LE 26e DEPUIS HUIT JOURS...
ET TOUS ONT DISPARU "PROPREMENT"... PAS UN, DONT LE VÉHICULE N'A ÉTÉ ABÎMÉ OU LA MAISON DÉTRUITE... PAS UN QUI N'AIT LAISSÉ DERRIÈRE LUI NE SERAIT-CE QU'UNE GOUTTE DE SANG...
JE N'Y COMPRENDS RIEN...
DIS-MOI, ERWAN...

TU NE CROIS PAS QUE TU EN FAIS UN PEU TROP... TU FAIS TOUT UN FOIN POUR CES 26 PAUVRES MALHEUREUX ALORS QU'AU MÊME MOMENT, CE SONT DES MILLIONS D'ÊTRES HUMAINS QUI SONT RADIÉS DE LA SURFACE DE LA TERRE...
ÉCOUTE, JE NE SUIS PAS RESPONSABLE DE LA BÊTISE HUMAINE ET ENCORE MOINS DE CE QUI ARRIVE À CES 26 TYPES...
...MAIS EN CE QUI LES CONCERNE, SI JE FAIS TOUT UN FOIN, C'EST SIMPLEMENT PARCE QUE J'AI À CŒUR DE BIEN FAIRE MON MÉTIER...
TOUT JOURNALISTE QUI SE RESPECTE DOIT GARDER L'ESPRIT EN ÉVEIL...
ET LÀ, MA BONNE MA-MA, JE SENS LE SCOOP À PLEIN NEZ !...
AH OUI ?!... ET QUI LE LIRA TON JOLI SCOOP ?!...
TES LECTEURS, SI IL EN RESTE QUELQUES-UNS ENCORE EN VIE DANS CETTE VILLE, ONT SÛREMENT AUTRE CHOSE À FAIRE QUE DE CHERCHER LA DERNIÈRE ÉDITION D'UN JOURNAL QUI N'EXISTE...
BIP BIP BIP
CHUT ! ÇA RECOMMENCE ...
ET VOILÀ LE 27ÈME HOMME...
AH, NON... TIENS... ON DIRAIT BIEN QUE LES MISSILES D.L. S'ATTAQUENT À LA GENTE FÉMININE...
Nom : UMARU
Prénom : Jézabel
Nationalité : Péruvienne
Cible missile D.L. : Voilier "White Océan"
Zone impact : Océan Pacifique
Dégat matériel : Néant
Survivant : Néant
Heure attaque : 10H00 G.M.T

09H50 G.M.T
WHITE OCEAN
KKSSS
?
CALME SIMON, CALME...
DE QUOI AS-TU PEUR ?... TU SAIS BIEN QUE NOUS SOMMES SEULS...
JUSTE TOI ET MOI ET LE SOUFFLE DU VENT DANS LES DRISSES...
KKSSS
LE BATEAU! IL N'AVANCE PLUS!...

QU'EST-CE QUI SE PASSE ?...
IL Y A POURTANT DU VENT...
RIEN À FAIRE... JE N'ARRIVE PAS À CHOQUER L'ÉCOUTE DE GRAND VOILE
EH ! LE GOUVERNAIL NE RÉPOND PLUS !
ON N'A POURTANT RIEN RAMASSÉ... NI ALGUES, NI CORPS FLOTTANT...
JE NE COMPRENDS PAS... ON A UN BON VENT DE TRAVERS ET ON EST SCOTCHÉ SUR PLACE...
COMME SI LE BATEAU ÉTAIT IMMOBILISÉ PAR UNE ANCRE INVISIBLE...
DIOS QU'EST-CE QUE C'EST QUE ÇA ?!
SSSHHH
6

EH!
KKSSS
NON!
KKKSSS
PAR TOUS LES DIEUX DU TAWANTINSUYU!...
OH, NON...
SIMON!
OH, SIMON SIMON...

VIENS VOIR, JÉZABEL ! C'EST MAGNIFIQUE!
LAISSE-MOI REPRENDRE MON SOUFFLE... TU MARCHES BIEN... POUR UN GRINGO...
ERWAN...
8
J'AIMERAIS QUE LE TEMPS S'ARRÊTE...
BRROOLLUMM

BRROOUUMM !!
...
FUCKING WAR ! C'EST CHAQUE FOIS LA MÊME CHOSE... TOUJOURS AU MEILLEUR MOMENT...
ON PEUT MÊME PLUS RÊVER TRANQUILLE...
JÉZABEL... DRÔLE DE PRÉNOM POUR UNE FILLE DU SUD...
Nom : UMARU
Nationalité : Péruv
JE NE SAIS PAS SI JE ME TROMPE, MAIS J'AI COMME L'IMPRESSION QUE TU N'ES PAS INSENSIBLE À MON CHARME DE GRAND REPORTER...
QUOIQUE, A BIEN Y REFLECHIR, TU N'AS PAS VRAIMENT LE CHOIX...
JE DOIS BIEN ÊTRE UN DES DERNIERS SPÉCIMENS DE SEXE MASCULIN À TRAÎNER ENCORE SES GALOCHES SUR CETTE BONNE VIEILLE TERRE...
QUE DIRAIS-TU D'UN PETIT VERRE, APRÈS LE BOULOT, CHEZ MON AMI LI-MAÏ ?...

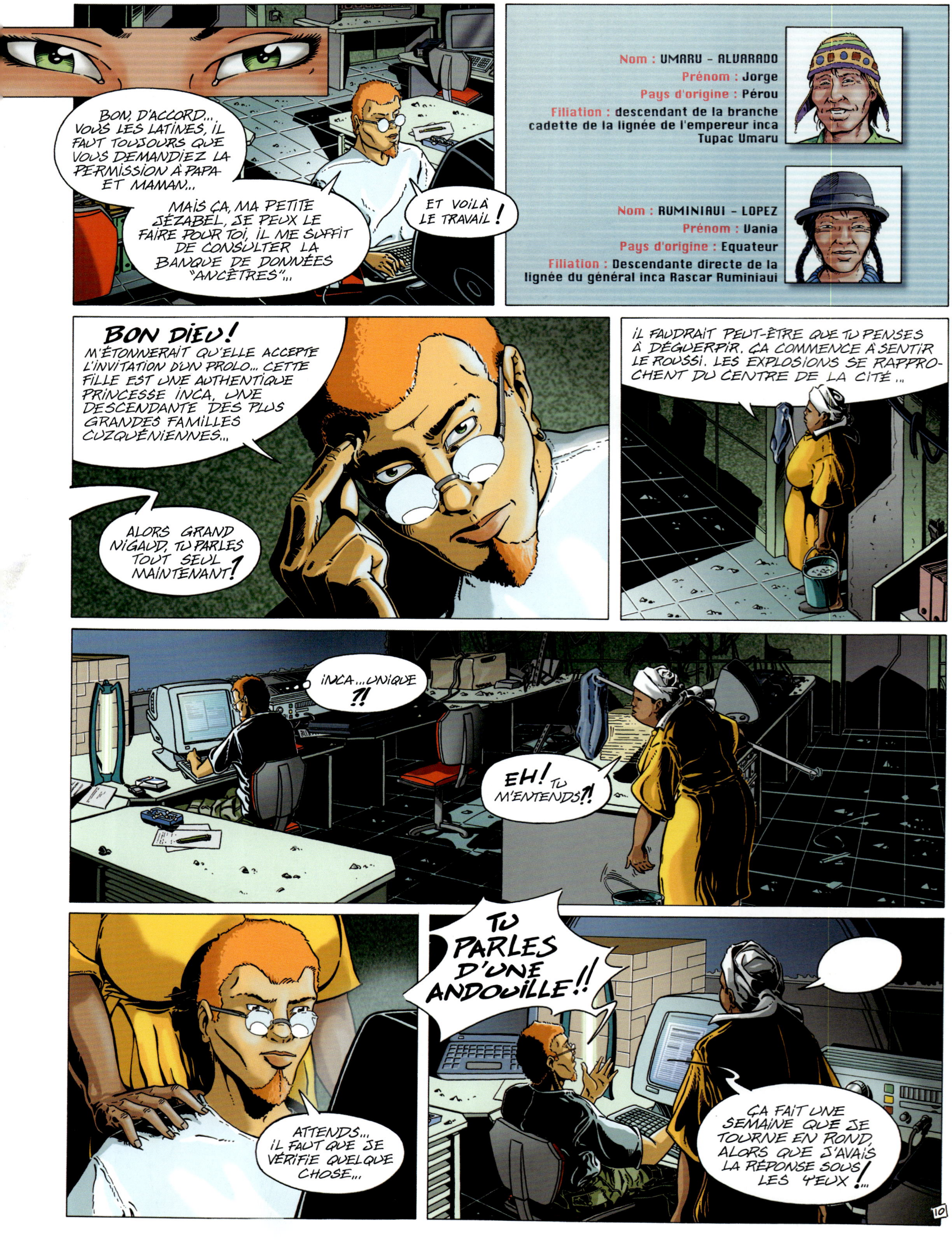
BON, D'ACCORD... VOUS LES LATINES, IL FAUT TOUJOURS QUE VOUS DEMANDIEZ LA PERMISSION À PAPA ET MAMAN...
MAIS ÇA, MA PETITE JÉZABEL, JE PEUX LE FAIRE POUR TOI, IL ME SUFFIT DE CONSULTER LA BANQUE DE DONNÉES "ANCÊTRES"...
ET VOILÀ LE TRAVAIL !
Nom : UMARU - ALVARADO
Prénom : Jorge
Pays d'origine : Pérou
Filiation : descendant de la branche cadette de la lignée de l'empereur inca Tupac Umaru
Nom : RUMINIAUI - LOPEZ
Prénom : Vania
Pays d'origine : Equateur
Filiation : Descendante directe de la lignée du général inca Rascar Ruminiaui
BON DIEU ! M'ÉTONNERAIT QU'ELLE ACCEPTE L'INVITATION D'UN PROLO... CETTE FILLE EST UNE AUTHENTIQUE PRINCESSE INCA, UNE DESCENDANTE DES PLUS GRANDES FAMILLES CUZQUÉNIENNES...
ALORS GRAND NIGAUD, TU PARLES TOUT SEUL MAINTENANT !
IL FAUDRAIT PEUT-ÊTRE QUE TU PENSES À DÉGUERPIR. ÇA COMMENCE À SENTIR LE ROUSSI. LES EXPLOSIONS SE RAPPROCHENT DU CENTRE DE LA CITÉ...
INCA... UNIQUE ?!
EH ! TU M'ENTENDS ?!
ATTENDS... IL FAUT QUE JE VÉRIFIE QUELQUE CHOSE...
TU PARLES D'UNE ANDOUILLE !!
ÇA FAIT UNE SEMAINE QUE JE TOURNE EN ROND, ALORS QUE J'AVAIS LA RÉPONSE SOUS LES YEUX !...
10

TU TE RAPPELLES DE MUSTAFA KAMIL, CET ÉGYPTIEN QUI VIENT DE PRENDRE UN MISSILE D.L. SUR LA TRONCHE ? EH BIEN, C'EST UN DESCENDANT DES PTOLÉMÉES...
QUI C'EST CEUX-LÀ ?...
C'EST LA DYNASTIE QUI A SUCCÉDÉ À CELLE DES PHARAONS D'ÉGYPTE.
MAIS CE N'EST PAS TOUT ! LE PREMIER DISPARU S'APPELAIT CRISTOBAL MANCHU : UN PUR MAYA QUITCHE ; LE N°2 : SAL HAWKES, UN SIOUX OGLALA ; LE N°3 : JOSÉ OTALORA, UN MANDINGUE. ET AINSI DE SUITE...
ET ALORS ?!...
TAC TAC
MAIS TU NE COMPRENDS PAS ?!... CES PSEUDOS MISSILES D.L. NE FRAPPENT PAS AU HASARD !...
JE DRESSAIS UN INVENTAIRE DES DISPARUS EN PRENANT LEUR NATIONALITÉ COMME CRITÈRE DE SÉLECTION, ALORS QUE J'AURAIS DÛ TENIR COMPTE DE LEURS ORIGINES ETHNIQUES...
JE ME DÉGOÛTE. UN VRAI TRAVAIL DE PIGISTE...
TOUS LES DISPARUS SONT, SANS EXCEPTION, SOIT LES MEMBRES D'UNE COMMUNAUTÉ MILLÉNAIRE, SOIT LES DESCENDANTS D'UNE DES GRANDES CIVILISATIONS FONDATRICES DE L'HUMANITÉ...
HUM !...
BON, C'EST PAS TOUT MON PETIT ERWAN, MAIS IL VA FALLOIR QUE TU PENSES À METTRE LES BOUTS. ÇA DEVIENT DANGEREUX DE RESTER ICI.
ET TOI, MA-MA ? TU NE RENTRES PAS CHEZ TOI ?...
OH MOI TU SAIS, IL Y A BIEN LONGTEMPS QU'IL N'Y A PLUS PERSONNE QUI M'ATTEND À LA MAISON...
ET PUIS, SI JE M'EN VAIS, QUI C'EST QUI VA TENIR LA BOUTIQUE ?...
11

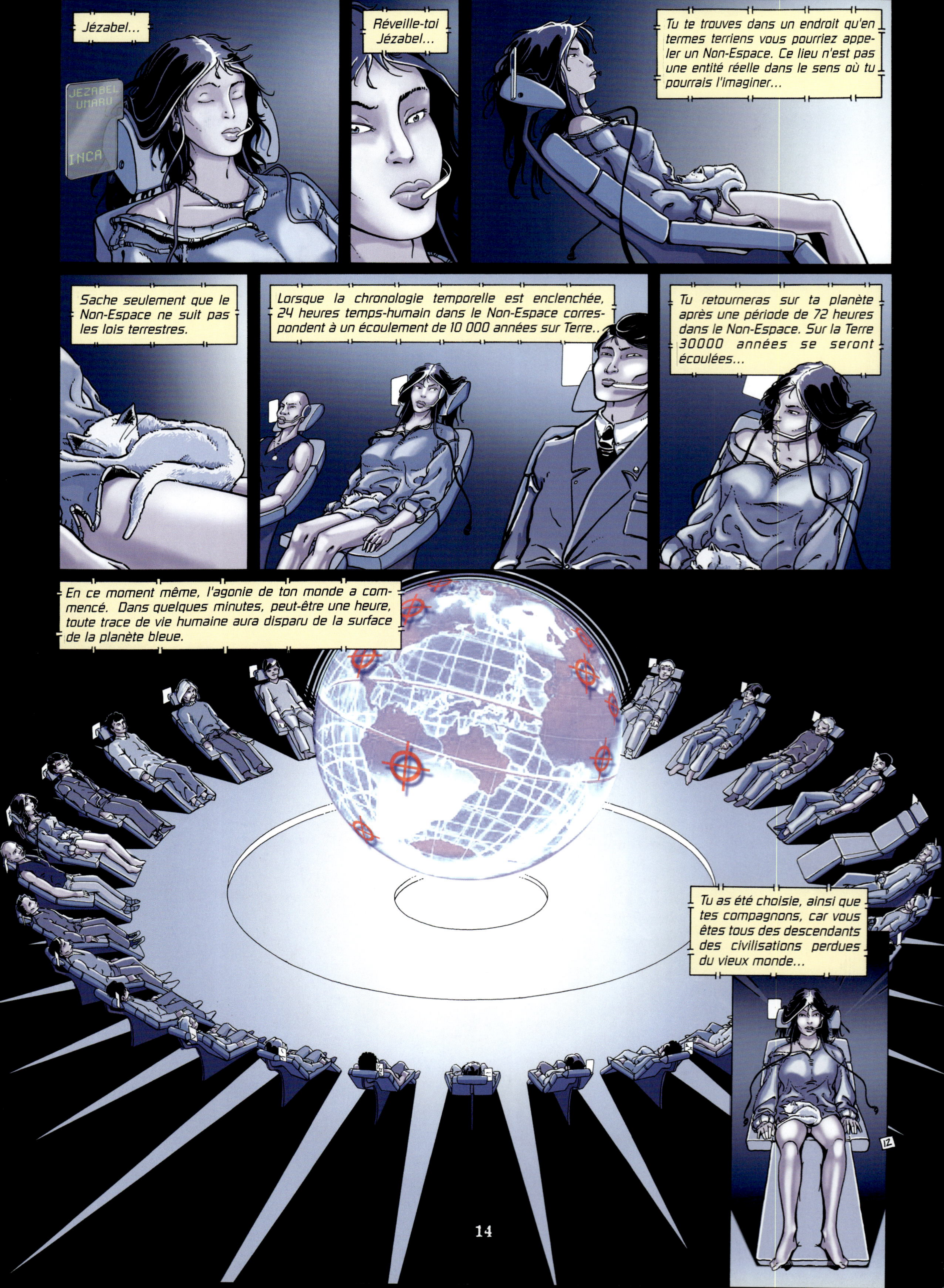
Jézabel...
JEZABEL
UMARU
INCA
Réveille-toi Jézabel...
Tu te trouves dans un endroit qu'en termes terriens vous pourriez appeler un Non-Espace. Ce lieu n'est pas une entité réelle dans le sens où tu pourrais l'imaginer...
Sache seulement que le Non-Espace ne suit pas les lois terrestres.
Lorsque la chronologie temporelle est enclenchée, 24 heures temps-humain dans le Non-Espace correspondent à un écoulement de 10 000 années sur Terre...
Tu retourneras sur ta planète après une période de 72 heures dans le Non-Espace. Sur la Terre 30000 années se seront écoulées...
En ce moment même, l'agonie de ton monde a commencé. Dans quelques minutes, peut-être une heure, toute trace de vie humaine aura disparu de la surface de la planète bleue.
Tu as été choisie, ainsi que tes compagnons, car vous êtes tous des descendants des civilisations perdues du vieux monde...
IZ

Ces civilisations ont attiré notre attention en d'autres temps, et nous avons même eu des échanges fructueux avec certaines d'entre-elles...
Ces contacts, vieux de plusieurs siècles temps-humain, nous permettent de communiquer avec vous à l'aide de la langue ancestrale que vos parents ont pris soin de vous transmettre...
Vous serez les 28 survivants, mais aussi les 28 mémoires de l'ancien monde...
A vous de retrouver la sagesse de vos ancêtres... Sans répéter les erreurs de vos pères...
Vous êtes la seconde chance de la Terre. Vous pourrez reconstruire un monde nouveau... Si vous le désirez...
Lorsque vous retournerez sur votre planète, vous trouverez un monde neuf...
30 000 ans auront purifié sa peau et ses entrailles.
Nous allons bientôt pouvoir enclencher la chronologie temporelle du Non-Espace...
Nos sondes viennent de repérer le dernier passager...

DING!
TU PEUX ÊTRE FIER DE MOI, MON VIEUX BOB!
JE TIENS LE SCOOP DU SIÈCLE!
CAPA ROBERT
UN SCOOP QUE PERSONNE NE LIRA JAMAIS...
ÇA DEVIENT EFFECTIVEMENT DANGEREUX DE RESTER ICI...
MA-MA!
14

*VOIR TRADUCTION PAGES TITRES.

16

?
JEZABEL...
!
ON SE CONNAÎT?
17

HMM...
VOUS ALLEZ BIEN ?...
QU'EST-CE QUE JE FAIS ICI ?...
OÙ SOMMES NOUS ?...
JE CROIS BIEN QUE L'ON SE TROUVE AU BEAU MILIEU DE CE QUE LES CONQUISTADORES APPELAIENT UNE TERRA INCOGNITA...
PAR CONTRE EN CE QUI CONCERNE VOTRE PRÉSENCE PARMI NOUS, C'EST PLUTÔT À VOUS DE NOUS RACONTER QUELS SONT VOS...
?
MUSTAFA KAMIL !
?
!
CH'ENG HAO ! SAL HAWKS !
?
JOSÉ OTALORA !...
?!
BON SANG, VOUS ÊTES TOUS LÀ !
J'AVAIS RAISON ! LE RAYON NE FRAPPAIT PAS AU HASARD !...
VOUS ÊTES TOUS DES... DES...
DES ÉLUS...
18

OUI, DES ÉLUS! UN DOIGT CÉLESTE S'EST POSÉ SUR CHACUN D'ENTRE NOUS.
NOUS SOMMES LES DÉPOSITAIRES D'UN SAVOIR MILLÉNAIRE QU'"IL" NOUS A CHARGÉS DE TRANSMETTRE.
TRANSMETTRE À QUI?
IL N'Y A PLUS PERSONNE SUR CETTE MAUDITE PLANÈTE...
ET BIEN, NOUS FERONS DES ENFANTS, ET NOUS LEUR LÉGUERONS CE PARADIS QU'"IL" NOUS A LAISSÉ EN HÉRITAGE...
UN PARADIS... UN ENFER, OUI!
DOUCEMENT PETER!
JE SUIS LA SEULE FEMME, ICI, ET JE N'AI PAS L'INTENTION DE JOUER LE RÔLE DE LA MÈRE LAPINE POUR TON PETIT GROUPE D'ÉLUS...
ATTENDEZ ATTENDEZ! JE NE COMPRENDS PAS QUI EST CE "IL" DONT VOUS PARLEZ!
ET COMMENT POUVEZ-VOUS ÊTRE SÛR D'ÊTRE LES SEULS HUMAINS SUR CETTE PLANÈTE?...
ON A VRAIMENT RÉUSSI À DÉTRUIRE LA TERRE?...
TU TE CROIS OÙ?
SUR MARS?
TU N'AS PAS ENTENDU LEUR SERMON?...
IL N'ÉTAIT PAS ARRIVÉ, C'EST LE DERNIER PASSAGER QU'ILS ATTENDAIENT AVANT D'ENCLENCHER LA CHRONOLOGIE TEMPORELLE...
LA TERRE, TELLE QUE NOUS L'AVONS CONNUE, N'EXISTE PLUS. LE CATACLYSME AUQUEL NOUS AVONS ASSISTÉ A DÉTRUIT L'ESPÈCE HUMAINE IL Y A PLUS DE 30 000 ANS...
19

NOUS AVONS ÉTÉ CHOISIS PAR UNE PUISSANCE EXTRA-TER-RESTRE, ET NON PAR UNE PUISSANCE DIVINE TELLE QUE SE PLAÎT À L'IMAGINER PETER.
À L'AIDE D'UN MECANISME QU'ILS APPELLENT UN "NON-ESPACE", NOUS AVONS EFFECTUÉ UN SAUT DANS LE TEMPS SUR NOTRE BONNE VIEILLE TERRE AFIN DE POUVOIR Y RECONSTRUIRE UN MONDE NOUVEAU...
UN MONDE MEILLEUR
OUI, SI TU VEUX PETER...
EN ATTENDANT IL EST LE DERNIER SURVIVANT.
TU FAIS PARTIE DU VOYAGE...
BIENVENUE À LA MAISON !...
TU AS ÉTÉ CHOISI CAR, TOI AUSSI, TU DOIS APPARTENIR À UNE DES CIVILISATIONS MÈRES DU VIEUX MONDE. COMMENT T'APPELLES-TU ?
ERWAN... ERWAN LE NAËC JE VIVAIS À NEW-YORK.
MES PARENTS ÉTAIENT DES IMMIGRÉS BRETONS DE LA DEUXIÈME GÉNÉRATION...
QUAND JE PENSE QU'ILS N'ARRÊTAIENT PAS DE ME BASSINER AVEC LEUR CULTURE CELTE...
ET MOI QUI N'AI JAMAIS RÉUSSI À APPRENDRE UN MOT DE BRETON.
20

HORMIS CEUX QUE ME CHANTAIT MA MÈRE...
J'AI BIEN L'IMPRESSION QU'ILS ONT FAIT UNE ERREUR DE SÉLECTION
MAIS COMMENT SE FAIT-IL QUE TU CONNAISSES NOS NOMS ET VISAGES ?
J'ÉTAIS JOURNALISTE À LA WORLD PRESS ASSOCIATION. AVANT QU'ILS NE M'ENLÈVENT J'AVAIS RÉUSSI À CRÉER UN FICHIER DE TOUS LES "DISPARUS PROPRES."
"LES DISPARUS PROPRES" ?
OUI, VOUS DISPARAISSIEZ EN NE LAISSANT DERRIÈRE VOUS NI DÉGÂTS MATÉRIELS, NI LA MOINDRE GOUTTE DE SANG.
LES "SATEL-OBS" CROYAIENT QUE C'ÉTAIENT DES MISSILES D.L. MAIS EN FOUILLANT VOS ARBRES GÉNÉALOGIQUES, J'AI COMPRIS QUE CES FRAPPES N'ÉTAIENT JAMAIS ANODINES.
J'ÉTAIS LOIN DE PENSER QUE C'ÉTAIT UN COUP DES PETITS HOMMES VERTS...
LAISSONS LÀ LES EXPLICATIONS. LA NUIT VA TOMBER ET IL NOUS FAUT ORGANISER LE CAMPEMENT. JE SUGGÈRE QUE QUELQUES-UNS PRÉPARENT DES ABRIS PENDANT QUE LES AUTRES IRONT CHERCHER DU BOIS...
NE VOUS ÉLOIGNEZ PAS TROP... ON NE SAIT JAMAIS...
21

DE QUOI A-T-IL PEUR ?
JE CROYAIS QUE NOUS ÉTIONS LES SEULS TERRIENS À TRAÎNER DANS LES PARAGES...
PETER PENSE QUE SI LES OISEAUX ONT SURVÉCU AU CATACLYSME, ALORS IL N'EST PAS DÉRAISONNABLE DE PENSER QUE D'AUTRES ESPÈCES MOINS PACIFIQUES AIENT PU FAIRE DE MÊME.
PETER, C'EST LE CHEF ?
NON, DISONS QU'IL FAIT PARTIE DE CEUX QUI RÉAGISSENT POSITIVEMENT À NOTRE DRÔLE DE SITUATION
ET TOI, TU RÉAGIS COMMENT ?
LAISSE MOI UN PEU DE TEMPS... JE NE RÉALISE PAS ENCORE VRAIMENT CE QUI NOUS ARRIVE...
NOUS NOUS SOMMES RÉVEILLÉS DANS LA CLAIRIÈRE SEULEMENT QUELQUES HEURES AVANT TOI ...
CET ARBRE MORT DEVRAIT FAIRE L'AFFAIRE.
EN TOUS CAS, PETER, LUI, N'A PAS PERDU DE TEMPS POUR PRENDRE LES CHOSES EN MAINS ...
IL ME FAIT PENSER À TOUS CES ALLUMÉS BIDONS QUI SE CROIENT CHOISIS PAR DIEU OU UN DE SES ASSESSEURS...
CRAC
TU VERRAS QUE DANS QUELQUE TEMPS IL NOUS REFERA LE COUP DU NOUVEAU MESSIE...
TU AS PEUT-ÊTRE RAISON... MAIS JE CROIS QU'IL N'A PAS TORT AU MOINS SUR UN POINT.
SI ON VEUT SURVIVRE SUR CETTE NOUVELLE TERRE, IL VA FALLOIR S'ORGANISER ET ÊTRE SOLIDAIRE
22

IL Y A QUELQUE CHOSE QUI N'EST PAS LOGIQUE...
JE NE CROIS PAS QUE DES EXTRA-TERRESTRES NOUS OFFRIRAIENT UNE SECONDE CHANCE TOUT EN L'HYPOTHÉQUANT D'EMBLÉE...
QUI VEUX-TU QUE CE SOIT D'AUTRE ?
PEUT IMPORTE, NOS "BONS SAMARITAINS", QUELS QU'ILS SOIENT, NOUS SAUVENT MAIS NE NOUS DONNENT PAS LES MOYENS DE SUBSISTER
ILS N'ONT EFFECTIVEMENT PAS POUSSÉ LA SOLLICITUDE JUSQUE LÀ... NOUS SOMMES AUSSI NUS QUE LE PREMIER HOMME ET LA PREMIÈRE FEMME DU JARDIN D'EDEN...
EH!
CCRRRAACC!
MIERDA!
J'AVAIS COMPRIS... CE N'ÉTAIT PAS LA PEINE DE JOINDRE LE GESTE À LA PAROLE
ESTUPIDO! C'ÉTAIT MON SEUL VÊTEMENT
LAISSE TOMBER IL EST FICHU...
PRENDS MON GILET
BON SANG, QU'EST-CE QUE TU AS DANS LES POCHES ?
TU AS DÉVALISÉ UNE QUINCAILLERIE AVANT D'ÊTRE "TRANSFÉRÉ" ?
JE NE ME PROMÈNE JAMAIS SANS MON NÉCESSAIRE DE SURVIE
M'ÉTONNERAIT QU'IL TE SERVE À GRAND CHOSE PAR ICI...
EH!
À NOUVEAU MONDE, NOUVEAU DÉPART !
EN ROUTE ! LES AUTRES VONT S'ALARMER
BON, D'ACCORD, SI TU LE VOIS COMME ÇA...
MAIS ON NE M'ÔTERA PAS DE L'IDÉE
23

NOUS COMMENCIONS À NOUS INQUIÉTER...
QUE FAISIEZ-VOUS?
IL A PEUR DE PERDRE SON UNIQUE REPRODUCTRICE
C'EST MALIN
APPROCHEZ PRÈS DU FEU NOUS FAISONS L'INVENTAIRE DE NOS OBJETS PERSONNELS NOUS AVONS DÉCIDÉ DE TOUT METTRE EN COMMUN...
JÉZABEL, JE NE TE DEMANDE PAS CE QUE TU AS DANS LES POCHES, MAIS TOI, ERWAN, QU'AS-TU APPORTÉ AVEC TOI?
RIEN... JE NE METS JAMAIS RIEN DANS MES POCHES...
QUI VEUT GOÛTER MES CHOCOLATS DE NOËL ?!
JE M'APPELLE OLAF CARLSON, J'ÉTAIS REPRÉSENTANT EN CON-FISERIE. J'AI TOUJOURS DES ÉCHANTILLONS SUR MOI...
MERCI, C'EST TOUJOURS MIEUX QUE DE RESTER LE VENTRE VIDE
NON MERCI. JE N'AI PAS LE COEUR À MANGER DES CHOCOLATS DE NOËL... JE N'AI PAS RÉCUPÉRÉ DU "DÉCALAGE HORAIRE"
JE VAIS PLUTÔT ALLER ME COUCHER...
BONNE NUIT À TOUS.
24

TU NE T'INSTALLES PAS PRÈS DU FEU ?
JE N'AIME PAS LA PROMISCUITÉ... ÇA ME REND NERVEUX...
JE PRÉFÈRE M'ÉLOIGNER ÉGALEMENT... JE N'AI PAS ENVIE DE DORMIR AU MILIEU DE TOUS CES HOMMES
COMMENT FAIS-TU ?
POUR RESTER AUSSI... SEREINE... DANS UNE SITUATION AUSSI DINGUE...
JE NE SUIS PAS AUSSI SEREINE QUE TU LE CROIS. MAIS UNE CHOSE EST CERTAINE, JE PRÉFÈRE ÊTRE BIEN VIVANTE 30.000 ANS APRÈS MA NAISSANCE QUE RÉDUITE EN CENDRES 20 ANS APRÈS
HUM... C'EST UN POINT DE VUE QUI SE DÉFEND
25
JÉZABEL ?
JE NE SAIS PAS SI TU AS REMARQUÉ, MAIS IL SEMBLERAIT QUE J'APPARTIENNE MOI AUSSI AU GENRE MASCULIN...
CHUT... IL FAUT DORMIR MAINTENANT...

?
JÉZABEL...
HM...
QUE SE PASSE-T-IL?
ÉCOUTE... IL Y A QUELQUE CHOSE QUI NE TOURNE PAS ROND...
LA FORÊT...
ON N'ENTEND PLUS LES OISEAUX...
TU AS RAISON... C'EST ÉTRANGE
REGARDE TON CHAT...
LUI AUSSI A SENTI QUELQUE CHOSE
JE N'AIME PAS ÇA...
IL VAUT MIEUX SE METTRE À COUVERT
26

TU N'ES PAS TROP ALARMISTE ?... APRÈS TOUT, LES OISEAUX AUSSI ONT LE DROIT DE DORMIR
À LA W.P.A., JE TRAVAILLAIS AU SERVICE "INVESTIGATIONS." J'AI TOUJOURS EU COMME UN SIXIÈME SENS POUR FLAIRER LES ENTOURLOUPES...
ET LÀ, JE NE PEUX PAS DIRE POURQUOI, MAIS JE SENS QU'IL Y A QUELQUE CHOSE D'ANORMAL DANS CETTE FORÊT...
ET OÙ ALLONS NOUS, SI CE N'EST JUSTEMENT AU BEAU MILIEU DE CE QUI T'INQUIÈTE ?
JE CHERCHE UN ARBRE. CE SERA MOINS CONFORTABLE QUE L'HERBE DE LA CLAIRIÈRE MAIS ON Y SERA À L'ABRI DES MAUVAISES SURPRISES.
CELUI-CI DEVRAIT FAIRE L'AFFAIRE
DOUILLET CE PETIT INTÉRIEUR... DOMMAGE QUE L'ASCENSEUR SOIT UN PEU RUSTIQUE...
CHUT !
27

IL FAUT PRÉVENIR LES AUTRES
NON, NE BOUGE PAS !
MAIS IL FAUT FAIRE QUELQUE CHOSE. ILS VONT SE FAIRE SURPRENDRE EN PLEIN SOMMEIL...
ON NE PEUT RIEN FAIRE. ILS SONT TROP NOMBREUX. DE TOUTE FAÇON, ILS NOUS COUPENT L'ACCÈS À LA CLAIRIÈRE...
ALORS, IL FAUT CRIER
ÉCOUTE. JE N'AI AUCUNE ENVIE D'ÊTRE LE PREMIER TERRIEN DE LA NOUVELLE GÉNÉRATION À PASSER L'ARME À GAUCHE. ON N'A PAS FAIT TOUT CE CHEMIN POUR SE FAIRE TUER STUPIDEMENT...
VU LA POPULACE QUI TRAÎNE DANS LA FORÊT, IL NE FAUT SURTOUT PAS QUE TU TE SENTES INDISPENSABLE
ON N'ENTEND RIEN... PEUT-ÊTRE ONT-ILS PASSÉ LEUR CHEMIN...
ÇA M'ÉTONNERAIT. CROIS-MOI, IL VAUT MIEUX ATTENDRE LE LEVER DU JOUR AVANT DE RETOURNER À LA CLAIRIÈRE...
QUI PEUVENT-ILS BIEN ÊTRE ?
JE N'EN SAIS RIEN. SÛREMENT PAS DES AMIS
EN TOUT CAS, UNE CHOSE EST ÉVIDENTE MAINTENANT... CEUX QUI NOUS ONT AMENÉS ICI SE SONT BIEN FOUTUS DE NOUS...
28

TTRRiiii!
TTRRiii!
TOI AUSSI TU APPRÉCIES?
ERWAN, RÉVEILLE-TOI! LES OISEAUX SONT REVENUS!...
DÉPÊCHE-TOI!
JE FAIS CE QUE JE PEUX...
J'AI LE RÉVEIL DIFFICILE...
ENFIN, JE VOIS LA CLAIRIÈRE
ALORS?
TOUT SEMBLE NORMAL... ILS DORMENT ENCORE...
PRÈS DU FEU!
29

OOHHHEE! DEBOUT!!
RÉVEILLEZ-VOUS! NOUS NE SOMMES PAS SEULS!...
OH, NON...
NOM DE DIEU...
CE N'EST PAS POSSIBLE... ON AURAIT DÛ LES ENTENDRE...
PETER...
?!
30

ÉGORGÉS... ILS ONT TOUS ÉTÉ ÉGORGÉS...
MAIS POURQUOI ?
POURQUOI N'A-T-ON RIEN ENTENDU ! ...
ILS ONT DÛ CRIER... SE DÉFENDRE...
ILS N'EN ONT PAS EU LE TEMPS...
DU CURARE... ILS ONT ÉTÉ FLÉCHÉS DANS LEUR SOMMEIL...
ILS ÉTAIENT DÉJÀ MORTS LORSQU'ILS LES ONT...
BON SANG, UNE VRAIE BOUCHERIE
MMAAOUUUU !!
JEZABEL, IL FAUT...
?!
JEZABEL !!
31

JEZABEL, ARRÊTE !
HAAAA
CALME-TOI! BON SANG!
RESSAISIS-TOI! SI ON VEUT SAUVER NOTRE PEAU, IL NE FAUT PAS PANIQUER... NE PAS CÉDER AU DÉSESPOIR
OH, DIOS...
TU... TU AS RAISON... JE SUIS LAMENTABLE...
IL... IL FAUT RETOURNER À LA CLAIRIÈRE ENTERRER CES PAUVRES MALHEUREUX...
NON, JEZABEL, CE N'EST PAS POSSIBLE... CEUX QUI ONT COMMIS CE CARNAGE VONT PEUT-ÊTRE REVENIR...
LES CORPS N'ÉTAIENT PAS DÉPOUILLÉS DE LEURS VÊTEMENTS ET LE CONTENU DES POCHES EST TOUJOURS PRÈS DU FEU...
32

NON, IL EST PLUS SAGE DE S'ÉLOIGNER DE LA CLAIRIÈRE... MAIS PAS DANS N'IMPORTE QUELLE DIRECTION
QU'EST-CE QUE ÇA CHANGE?
MOURIR À UN ENDROIT OU À UN AUTRE...
NOUS NE POURRONS PAS SURVIVRE SEULS DANS LA FORÊT... NOUS N'AVONS NUL ENDROIT OÙ NOUS RÉFUGIER...
LE FLEUVE... HIER SOIR, LORSQUE NOUS ÉTIONS DANS L'ARBRE, J'AI VU SES REFLETS SOUS LE CLAIR DE LUNE... NOUS DEVRIONS LE REJOINDRE RAPIDEMENT SI NOUS PROGRESSONS PLEIN SUD...
DE TOUT TEMPS L'EAU A ÉTÉ SIGNE DE VIE! PEUT-ÊTRE TROUVERONS-NOUS DES TRACES DE PRÉSENCE HUMAINE SUR LES BERGES DU FLEUVE...
SI DES PERSONNES ONT SURVÉCU AU CATACLYSME, IL N'Y A AUCUNE RAISON DE PENSER QUE LEURS DESCENDANTS SOIENT TOUS BELLIQUEUX...
TU AS RAISON. IL NE FAUT PAS CÉDER AU...
HHAAA!!
CHOC!!
QUI...
QUI EST-LÀ?
33

MONTREZ-VOUS BANDE DE LÂCHES !!
N'AYEZ PAS PEUR... VOUS N'AVEZ RIEN À CRAINDRE
! !
SAL HAWKS ?!
DIEU MERCI! VOUS ÊTES VIVANT...
BON SANG, HAWKS, ÇA NOUS FAIT RUDEMENT PLAISIR DE VOUS VOIR... ON PENSAIT QU'ILS VOUS AVAIENT TOUS TUÉS
L'HOMME BLANC A TOUJOURS EU DES PROBLÈMES AVEC SES YEUX... ILS NE SAVENT PAS LIRE LES SIGNES...
34

QUE VEUX-TU DIRE ?
NOUS ÉTIONS 28 LORSQUE "CEUX-QUI-POSSÈDENT-LA-CONNAISSANCE" NOUS ONT RAMENÉS SUR TERRE... ET JE N'AI COMPTÉ QUE 24 CADAVRES DANS LA CLAIRIÈRE
EN INSPECTANT LE CAMPEMENT, J'AI CONSTATÉ QUE TON CORPS ET CELUI DE LA QUETCHUA NE S'Y TROUVAIENT PAS
COMMENT AS-TU FAIT POUR ÉCHAPPER AUX TUEURS ?
JE CHASSAIS...
LORSQUE JE SUIS RENTRÉ AU CAMPEMENT, IL ÉTAIT DÉJÀ TROP TARD... ILS DISPOSAIENT LES CORPS AUTOUR DU FEU...
PUIS, CELUI QUI SEMBLE ÊTRE LE CHEF A DÉSIGNÉ DES EXÉCUTANTS QUI ONT FORMÉ UN CERCLE AUTOUR DES CADAVRES
IL A PLANTÉ LEUR TOTEM EN TERRE ET CHACUN DES EXÉCUTANTS A ALORS ÉGORGÉ LE CORPS QUI LUI FAISAIT FACE
DIOS !
TU DIS QU'IL Y AVAIT 24 CORPS... AVEC NOUS TROIS ÇA FAIT 27... QU'EST-IL ARRIVÉ AU 28ÈME...
ILS SONT REPARTIS AVEC CRISTOBAL MANCHU... LE MAYA CAKCHIQUEL...
COMMENT ÇA REPARTIS ?... IL EST DE MÈCHE AVEC EUX ?
PRISONNIER... ILS ONT ÉGORGÉ LES AUTRES, MAIS LUI, ILS L'ONT ENFERMÉ DANS UNE CAGE DE BAMBOUS
MAIS POURQUOI L'ONT-ILS ÉPARGNÉ ALORS QUE TOUS LES AUTRES ONT ÉTÉ...
JE NE SAIS PAS... LE COMPORTEMENT DE CES ENFANTS M'EST COMPLÈTEMENT INCOMPRÉHENSIBLE. ON AURAIT DIT QU'ILS ACCOMPLISSAIENT UNE SORTE DE RITUEL RELIGIEUX...
DES ENFANTS ?!
35

JE LES AI PISTÉS PLUSIEURS HEURES DANS LA FORÊT APRÈS LEUR DÉPART DE LA CLAIRIÈRE... AUCUN D'EUX N'EST ENCORE ENTRÉ DANS L'ÂGE D'HOMME
LE PLUS VIEUX NE DOIT PAS AVOIR PLUS DE 18 ANS
MON DIEU DES ENFANTS...
LORSQUE J'AI COMPRIS OÙ ILS ALLAIENT, JE SUIS PARTI À VOTRE RECHERCHE
OÙ VONT-ILS ?
ILS SE DIRIGENT VERS LE FLEUVE, ILS AVANCENT LENTEMENT À CAUSE DU CAKCHIQUEL...
ENCORE QUELQUES MÈTRES ET VOUS TOMBIEZ SUR EUX...
IL FALLAIT VOUS PRÉVENIR...
DRÔLE DE FAÇON DE RAPPORTER LES OBJETS TROUVÉS
QUE VA-T-ON FAIRE MAINTENANT ?
RIEN. IL FAUT QUE VOUS VOUS REPOSIEZ. JE VAIS ALLER CUEILLIR QUELQUES FRUITS PUIS, LORSQUE LA NUIT SERA TOMBÉE, NOUS NOUS APPROCHERONS DE LEUR CAMPEMENT
ET APRÈS ?
NOUS LES OBSERVERONS, NOUS REGARDERONS COMMENT ILS VIVENT. COMMENT ILS RÉAGISSENT LES UNS PAR RAPPORT AUX AUTRES...
ET SI NOUS SOMMES ATTENTIFS AUX SIGNES, ALORS, PEUT-ÊTRE, POURRONS-NOUS LIBÉRER LE CAKCHIQUEL
TTRRiii

LA FILLE...
PRÈS DU FEU...
C'EST ELLE QUI COMMANDE...
ÇA NE VA PAS ÊTRE FACILE...
ILS ONT LES SARBACANES ET LES FLÉCHETTES À PORTÉE DE MAIN...
37

TU AS REMARQUÉ ?
OUI... ILS NOUS RESSEMBLENT... EUX AUSSI SONT DES FILS DE WIRAQOTCHA
REGARDEZ...
UN ENFANT S'ÉLOIGNE DU CAMPEMENT
SAL, JE NE SAIS PAS SI C'EST LE SIGNE DONT TU PARLAIS... MAIS IL NE FAUT PAS LAISSER PASSER CETTE OCCASION...
ERWAN, NON...
LAISSE-LE
L'HOMME BLANC CROIT QU'IL VIT LORSQU'IL AGIT... LIBRE À CHACUN DE CHOISIR L'HEURE DE SA MORT...
38

HHAAAAAAAAAA!!
TACEEH! TACEEH!
VAS-TU TE TAIRE À LA FIN!
QASWA! WAÏNIOU
QASWA!!
À L'AIDE!!
CALLI!
QASWA!
À L'AIDE!
C'EST INCROYABLE...
ILS N'ONT MÊME PAS ESSAYÉ DE SECOURIR L'ENFANT...
EH! VENEZ M'AIDER!
39

C'EST UNE VRAIE PESTE!
IL M'A MORDU JUSQU'AU SANG!...
CAMAÏ!
LÂCHE-LE IL NE S'ENFUIRA PAS...
PFFFIIIITT
SALE GAMIN!
ACCEPTE LA HAINE DE CET ENFANT
COMMENT RÉAGIRAIS-TU SI ON T'AVAIT SÉPARÉ DES TIENS?
BON DIEU!
QU'EST-CE QUI NOUS ARRIVE D'APRÈS TOI?...ET PUIS CE N'EST PAS UN ENFANT! C'EST UN TUEUR!
POURQUOI CETTE TUERIE?... OÙ AVEZ-VOUS EMMENÉ LE PRISONNIER?!
ERWAN!
!
LAISSE-NOUS! TU NE FAIS QUE COMPLIQUER LA SITUATION
COMMENT T'APPELLES-TU?
?
AAAHH!
40

QASNIA CHE !
N'AIE PAS PEUR C'EST MON CHAT SIMON...
MON...
TU PEUX LE CARESSER
MON !
MON NOM EST SAL HAWKS J'APPARTIENS À LA NATION DES OGLALAS...
O-GLA-LA ?
OUI... OGLALA... COMMENT SE NOMMENT ENTRE EUX CEUX DE TON PEUPLE ?
CEUX DE TON VILLAGE... ILS SONT PARTIS VERS LE SOLEIL LEVANT...
HOZRO ! HOZRO !
KATUM !...
KATUM VË A HOZRO !
?!
KATUM !
KATUM VË A HOZRO !
41

JE PENSE QUE ÇA DEVRAIT TENIR...
NOUS ALLONS POUVOIR LA METTRE À L'EAU...
ELLE PEUT ACCUEILLIR SANS PROBLÈME QUATRE PASSAGERS
ERWAN, SAL A RÉPARÉ LA PIROGUE
ERWAN, NOUS PARTONS...
JE N'AI PAS SPÉCIALEMENT ENVIE DE VOYAGER AVEC L'AUTRE SUPERMAN
D'ACCORD... IL Y EST PEUT-ÊTRE ALLÉ UN PEU FORT... MAIS RECONNAIS QUE TU PERTURBAIS L'ENFANT...
ET PUIS, EN TE FRAPPANT, SAL EST APPARU COMME UN ALLIÉ AUX YEUX DU PETIT, UN AMI EN QUI IL POUVAIT AVOIR CONFIANCE...
SANS SON AIDE, ON N'AURAIT SÛREMENT PAS TROUVÉ LA PIROGUE...
OK, N'EN PARLONS PLUS. JE NE SUIS PAS SPÉCIALEMENT FIER DE MON COMPORTEMENT. MAIS JE CONTINUE À PENSER QU'IL FAUT SE MÉFIER DE CETTE PETITE TÊTE ANGÉLIQUE...
PEUT-ÊTRE AS-TU RAISON... ET POURTANT JE N'ARRIVE PAS À IMAGINER QU'IL AIT PU PARTICIPER AU MASSACRE DE LA CLAIRIÈRE... REGARDE LE JOUER AVEC SIMON. C'EST L'INNOCENCE MÊME...
IL A INTÉGRÉ NOTRE PRÉSENCE AVEC UNE ÉVIDENCE SI DÉCONCERTANTE... COMME N'IMPORTE QUEL ENFANT
NORMAL, VOUS POURRIEZ ÊTRE SES PARENTS, ALORS QUE MOI, AVEC MA GUEULE DE BRETON...
JE SUIS SÛREMENT LE PREMIER HOMME BLANC QU'IL RENCONTRE ET, AU LIEU DE RESTER TRANQUILLEMENT DANS MON COIN, JE REJOUE LA CONQUÊTE DE L'OUEST
JE LA TROUVE PAS SI MAL CETTE GUEULE DE BRETON... SURTOUT AVEC CETTE BELLE POMMETTE SAILLANTE
TRÈS DRÔLE...
AH! AH!
47

MANI!...
MANI HUNAB...
MANI HUNAB... LES MIENS M'APPELAIENT SAL HAWKS
MANI HUNAB...
PEUT-ÊTRE SUIS-JE UN PEU PARANO, MAIS J'ÉPROUVE DE PLUS EN PLUS LE COMPLEXE DU "PIQUE-ASSIETTE"...
QUE VEUX-TU DIRE ?
J'AI L'IMPRESSION DE M'ÊTRE INVITÉ À UN REPAS AUQUEL JE N'ÉTAIS PAS CONVIÉ...
DES QUATRE SURVIVANTS DU MASSACRE, JE SUIS LE SEUL QUI NE SOIT PAS D'ORIGINE AMÉRIN-DIENNE... CRISTOBAL MANCHÙ EST UN MAYA, SAL, UN SIOUX ET TOI, UNE PRINCESSE INCA...
SANS PARLER DES ENFANTS...
DU SANG INDIEN COULE DANS LEURS VEINES... MÊME S'IL EST DIFFICILE D'IDENTIFIER SES DIFFÉRENTES COMPOSANTES
JE SAIS... LEUR VISAGE SEMBLE ÊTRE CELUI DU PEUPLE INDIEN... UN MÉLANGE DE TOUTES LES ETHNIES...
MÊME CHOSE POUR LEUR LANGAGE JE NE LE COMPRENDS PAS MAIS JE RECONNAIS CERTAINS MOTS...
LE MOT "HOZRO" PAR EXEMPLE, QUE L'ENFANT RÉPÈTE SANS CESSE, EST UN MOT EMPRUNTÉ À L'IDIOME NAVAJO...
CE PEUPLE L'UTILISAIT POUR DÉCRIRE L'HARMONIE LA BEAUTÉ OU L'ÉTAT DE PARFAIT ÉQUILIBRE QUI DOIT EXISTER ENTRE L'INDIVIDU ET LE MONDE
TASCIZI!
43

?!
TASCIZI!
NOUS ALLONS DROIT SUR LES CHUTES!!
TÀÀL! TÀÀL!
TÀÀL!
LÀ! UN EMBARCADÈRE!
LES PIROGUES DES ENFANTS...
NOUS N'AVONS PAS LE CHOIX... C'EST EUX OU LE GRAND SAUT...
NOUS SORTONS DE LA ZONE DANGEREUSE... ENCORE QUELQUES COUPS DE PAGAIE...
TURQUEY VÉ A HOZRO!
SALOKS, TURQUEY!
44

ÇA DOIT ÊTRE UN SYSTÈME À DOUBLE NACELLES. SINON CELLE-CI SERAIT EN BAS
MANI N'A PAS L'AIR TRÈS IMPRESSIONNÉ...
ÇA DEVRAIT NOUS RASSURER !
AH! AH!
C'EST PARTI !
YEEEHH!!
ILS ENTRENT DANS L'ÉPAISSE BRUME DE LA CASCADE
SACRÉE DOUCHE
IL NE NOUS RESTE PLUS QU'À ATTENDRE
REGARDE !
L'AUTRE NACELLE !
BON SANG, C'EST UN VRAI TÉLÉSIÈGE LEUR TRUC !
EN PLUS CONVIVIAL QUE CEUX DES SPORTS D'HIVER...
MR LE NAËC, ON SE CONCENTRE SUR LA DESCENTE ET ON ÉVITE LES PLAISANTERIES ANTI-STRESS...
BON DIEU ! J'ESPÈRE QU'IL Y A UN SYSTÈME DE FREINAGE !
TURQUET !
CONTENTE DE TE REVOIR...
ET MAINTENANT...
QU'ELLE EST LA SUITE DES FESTIVITÉS ?
PAR ICI !
ILS ONT TOUT PRÉVU
HUM... ÇA ME PARAÎT UN PEU TROP FACILE
45

JE N'AIME PAS ÇA... J'AI L'IMPRESSION QU'ILS ONT LAISSÉ CES PIROGUES VOLONTAIREMENT
JE NE CROIS PAS... ILS N'ONT AUCUNE RAISON DE PENSER QUE NOUS LES SUIVONS
ÉCOUTEZ !...
ON ENTEND DU BRUIT... UN MURMURE...
TU AS RAISON... UN BRUIT ÉTOUFFÉ... COMME CELUI QUE L'ON PERÇOIT LORS-QU'ON S'APPROCHE ...
?
D'UNE VILLE...
!
HOZRO!
HOZRO!